dtv

Haiku – das ist die kürzeste aller lyrischen Formen, die wir in der Weltliteratur kennen. Der vorliegende Band stellt erstmals im Taschenbuch die Haiku der einzigen auch in Japan anerkannten und bewunderten deutschsprachigen Dichterin Imma von Bodmershof vor. Wie ihre großen Vorbilder Issa, Bashō oder Buson situiert sie ihre kleinen Kunstwerke in den Ablauf der Tages- und Jahreszeiten und beeindruckt durch unmittelbare Anschaulichkeit, Klarheit und Tiefe. Die bezaubernden Tuschpinsel-Zeichnungen von Ruth Stoffregen geben dieser kleinen Sensation für Lyrikfreunde und -kenner einen besonderen Reiz.

Imma von Bodmershof, am 10. August 1895 in Graz als Tochter des Prager Philosophen Christian Freiherr von Ehrenfels geboren, studierte Kunstgeschichte und Philosophie in Prag und München. Bekanntschaft mit Rilke und dem Stefan-George-Kreis. Nach ihrer Heirat 1925 lebte sie auf Gut Rastbach im niederösterreichischen Waldviertel. Seit 1937 veröffentlichte sie Romane und Erzählungen; 1962 erschien ihr erster Haiku-Band, weitere Gedichte folgten in den nächsten Jahren. Sie starb – mit vielen Preisen ausgezeichnet – am 31. August 1982 in Krems.
Ruth Stoffregen, 1921–1993, zuletzt in München lebende Malerin, schmückte im Austausch mit der Dichterin deren erste Haiku-Ausgabe mit kongenialen Zeichnungen.

Imma von Bodmershof

Haiku

Mit Zeichnungen von
Ruth Stoffregen

Mit einer Studie über das Haiku
von Wilhelm von Bodmershof
und einem Essay zu den Illustrationen
von Veronika Pfolz
neu herausgegeben von Carlgeorg Stoffregen

Deutscher Taschenbuch Verlag

Im Deutschen Taschenbuch Verlag ist erschienen:
Dietrich Krusche: Haiku. Japanische Gedichte
(dtv 12478)

Juni 2002
Deutscher Taschenbuch Verlag GmbH & Co. KG,
München
www.dtv.de

Umschlagkonzept: Balk & Brumshagen
Umschlagbild: Zeichnung von Ruth Stoffregen
(© Dr. Carlgeorg Stoffregen, München)
Satz: Fotosatz Reinhard Amann, Aichstetten
Gesetzt aus der Bembo
Druck und Bindung: Druckerei C. H. Beck,
Nördlingen
Gedruckt auf säurefreiem, chlorfrei gebleichtem Papier
Printed in Germany · ISBN 3-423-12977-8

INHALT

FRÜHLING

Eis löst sich vom Bach –
klar aus der Tiefe leuchten
braungold die Steine.

Immer noch Reif am Morgen –
aber mein Nachbar
klopft und wetzt am Pflug.

Wildgänse rufen –
Nun schrein die andern im Dorf:
»Da – da zu Hause.«

Sturm poltert ums Dach
Eisregen schlägt ans Fenster –
lautlos wächst der Tag.

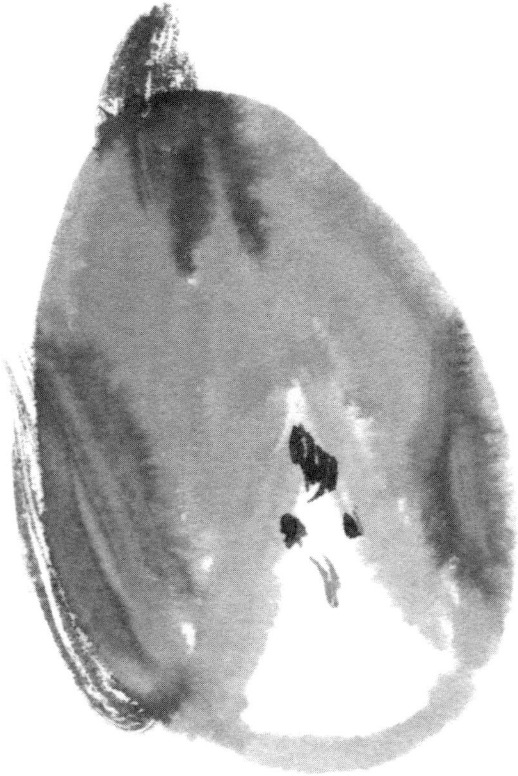

Ging mit der Hacke
zum schwarzen Schlehdorngestrüpp –
fand licht blühende Wolken.

Schau mitten im Ei
klein und gelb eine Sonne –
wie kam sie hinein?

Erstes Lärchengrün –
o Duft Nachts im Gewitter
sprangen die Knospen.

Das alte Mühlrad
vom Wasser hell übersprüht –
es dreht sich wieder.

Lange schon fleht die Drossel –
der Mond kommt sie schweigt.
Gab er ihr Antwort?

Der Fichtenwald blüht,
Gold bestäubt den Weg,
auch den Gaul vor dem Karren.

Tiefe Nacht ich schlief
da rief es: Uhr ruckt – Lug Trug –
Such nur – Kuckuck – du –

Ein großer Tag heut
die Kaulquappe steigt an Land
als Frosch – ganz als Frosch.

Krokus füllt seinen Becher
voll mit Licht. Sucht sonst
kein andres Geschäft.

Hell schimmernd im Blau
ziehn Weidenflocken – jüngste
Schwestern der Wolken?

Herz schlag nicht so laut
der Falter war nah
gewiß erschrak er vor dir.

Voll scheint heut der Mond
stärker schreien die Frösche
im spiegelnden Teich.

Diese Frühlingsnacht –
selbst der Helm des Wachmanns trägt
eine Mütze Mond.

Lärm, schwarzroter Rauch
doch nachts wenn die Straße schläft
wippt im Baum ein Stern.

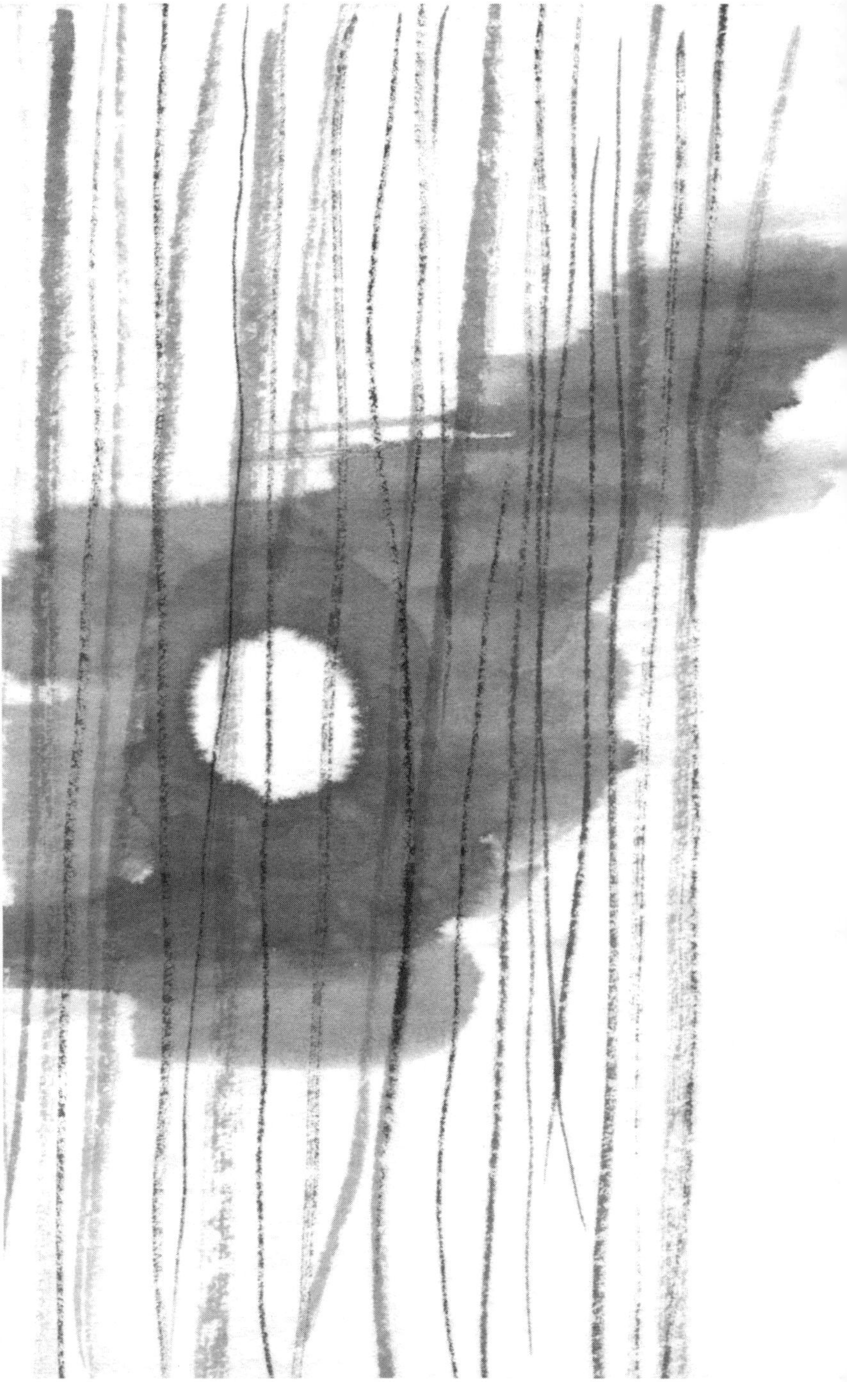

Löwenzahn, Spielverderber
bläst schon den Samen
Herbst in das Frühjahr.

Lieber Storch laß mich leben –
so viel Frösche gibt's
friß einen andern.

Dieser Mai – meinen Kater
rief ich und drohte –
er kam nicht zurück.

Den ganzen Tag steht
in der Sonne die Tulpe
setzt keinen Hut auf.

Junge Libellen
durchsichtig noch – sie steigen
vom See aufs Schilfrohr
und zögernd traumbefangen
entfalten sie die Flügel.

Vor Tag im Dämmern
hört ich den Ruf des Pirols –
ach ich schlief weiter.

Steh vor dem Abgrund –
ein Regenbogen allein
wölbt sich darüber.

Der Salamander
taucht aus der Tiefe –
holt sich eine Perle Luft.

Finkenruf taglang
im kahlen Kirschbaum – plötzlich
steht er in Blüten.

Flaumfederleichte
Wolken ziehen – schau – der Mond
er fliegt mit ihnen.

Die Birke leuchtet
als trüg sie den Mond in sich –
wie dunkel der Wald.

Nacht. Der Lärm verstummt.
Die Wachtel im Käfig wagt
nun leis zu rufen.

In Schlehdornblüten
ruht ein leuchtender Falter –
o lichte Wohnung.

Über das tiefe Wasser
laufen die Spinnlein
trockenen Fußes.

Helle Nacht im Mai
Ahornblätter auf dem Weg?
Ja – der Mond malt sie.

Leuchtende Wolke
wie nahe – weit ach wie weit
dahinter der Mond.

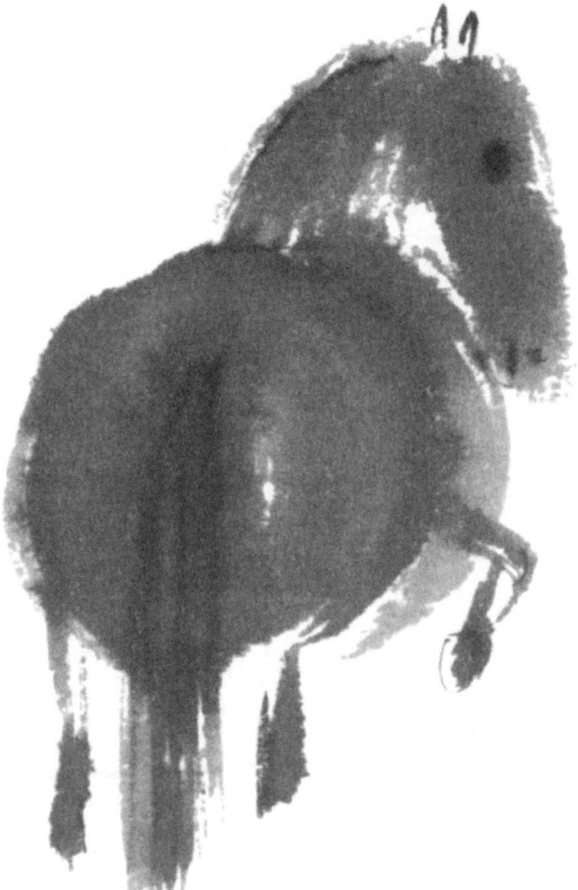

Im fremden Garten
blüht Jasmin. Ich vor dem Tor
atme den Duft ein.

Wollt das Glühwürmchen greifen
es erlosch. Hielt still
da leuchtet's wieder.

Von weißem Flieder
verschneit ist die Quelle – selbst
das Wasser duftet.

Waldwege im Tau
öffnen sich schimmernd vor mir –
doch der Zug hält nicht.

Schwerlos die Samen
in meiner Hand – einst Enkeln
machtvolle Linden?

In meinem Garten:
rote Rosen schwarz glänzend
Früchte des Efeus.

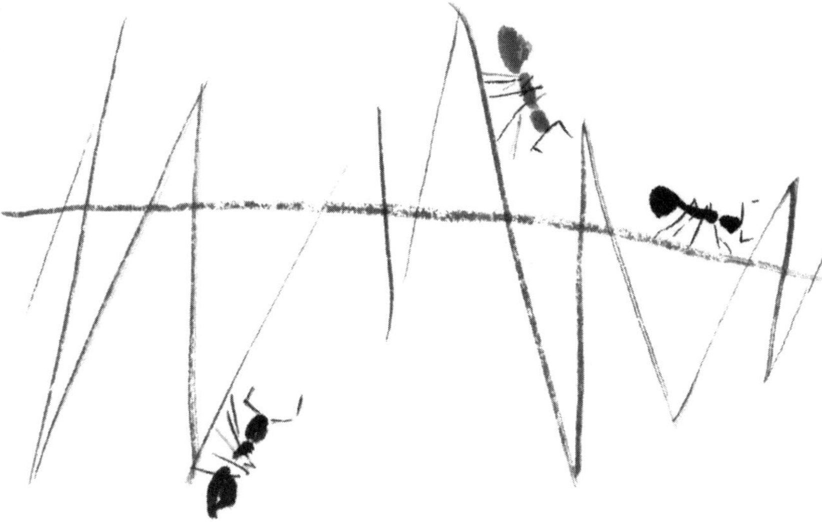

Fremdes Mondenlicht
auf der alten Sonnenuhr.
Wo gilt diese Zeit?

Wiesen voll Blumen
traumerfüllt. Nur der Bach fließt
und fließt immer fort.

SOMMER

Wilde Mohnblüten
Fest des Tags. Wenn der Mond kommt
löscht euch der Nachtwind.

Wachtelruf ins Feld
als schlüge warnend
dreimal ein Hammer auf Stein.

Im hohlen Strunk der Weide
Nistet ein Grünspecht.
Hörst du sein Lachen?

Kuckuck – oft hört ich's
doch nie zeigte sich
der verborgene Rufer.

Wie du sichtbar wirst
im sanftgeblähten Segel
unsichtbarer Wind.

Im grünen Wasser
das grüne Fischlein –
nur sein Schatten verrät es.

Aufgewühltes Meer
das Ufer dunkel von Tang
darin ein Seestern.

Lange lauscht ich der Brandung –
sind die Grillen tot?
Ich hörte keine mehr.

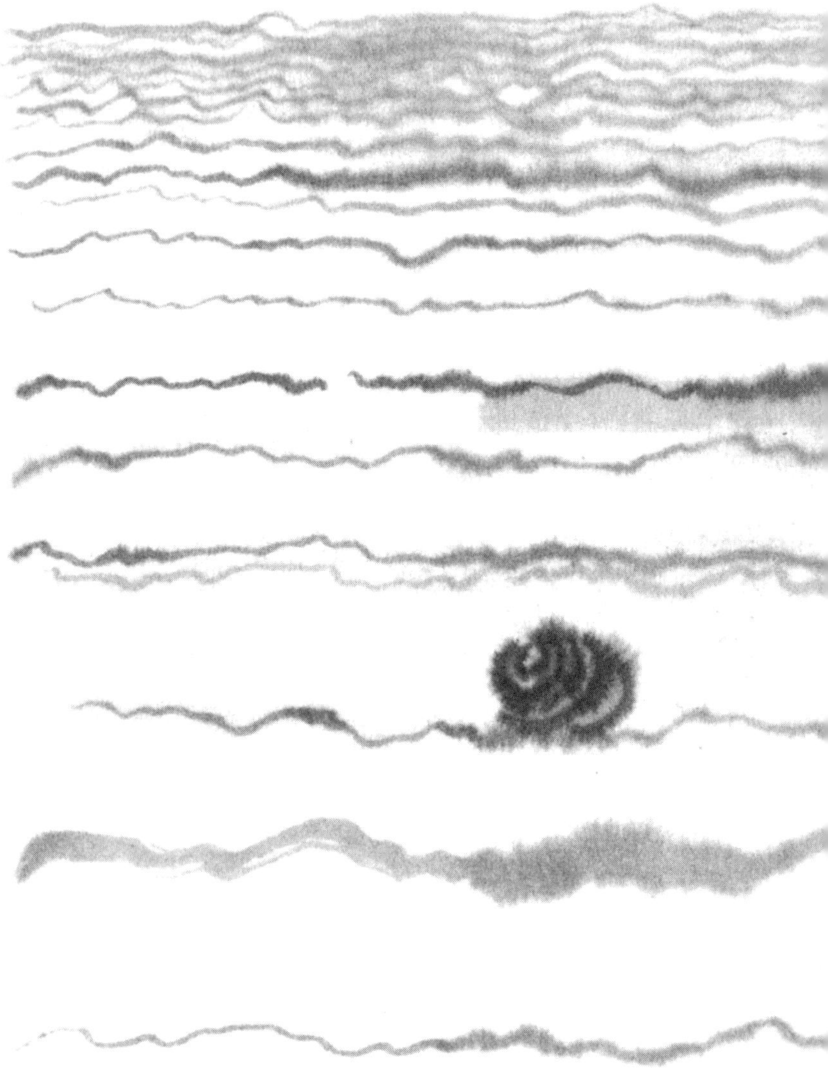

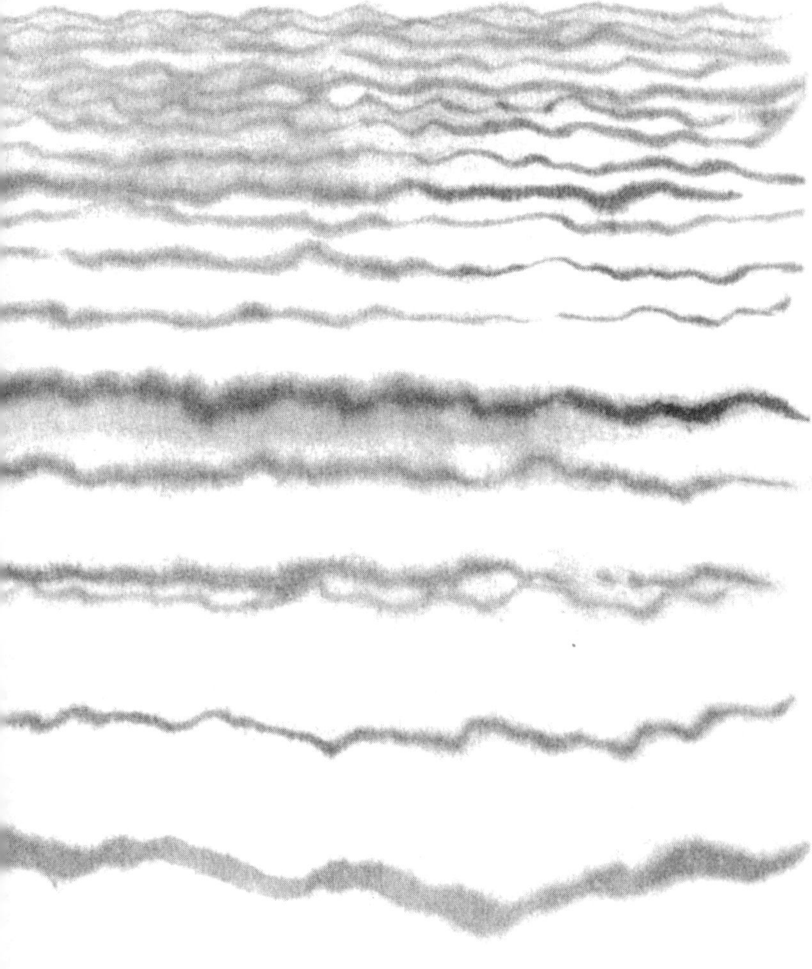

Aus meinen Händen
rieselt der Sand ganz langsam
zurück in das Meer.

Die Sonne sinkt – sieh
überm dunklen Boot
leuchtet das Segel golden.

Aufs trockne Land wirft
der Taucher den Schwamm
feucht vom Wasser der Tiefe.

Der Mittagswind weht
aus dunklen Wellen springen
goldweiße Blitze.

Die Biene allein
schläft in der Sonnenblume –
vergaß sie ihr Haus?

Sah jäh unterm Kahn
des Himmels Abgrund und mich
schwebend inmitten.

Blitze im dunkeln Gewölk
doch ruhig atmet
weißer Holunder.

Hoch hoch über mir
wirft sich der Segler ins Blau –
ich stehe unten.

Die Kerze verlöscht.
Wie laut ruft jetzt die Grille
im dunklen Garten.

Zwei Falter kreisen
ziehn hoch – höher noch im Blau:
Gibt es dort Nahrung?

Die starke Herde
ganz allein den Weg dahin
treibt barfuß ein Knirps.

Schatten. Der Kater
im Sonnenfleck leckt das Gold
von seinen Pfoten.

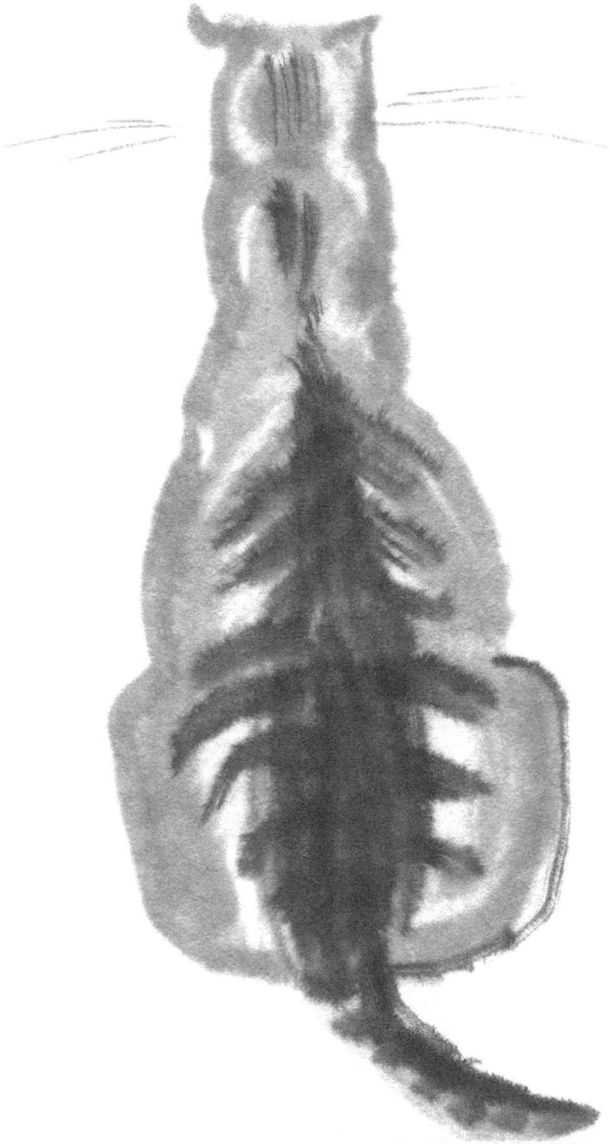

Auf den Zeigern der Turmuhr
schnäbeln die Schwalben –
die Zeit muß warten.

Fort mit der Fliege –
sitzt jetzt nah putzt die Flügel
zärtlich – schnurrt sie gar?

Ein Sonnenstrahl dringt
schräg durch das Dickicht –
wie der Moosgrund nun atmet!

Warf den Holzstab ins Wasser
gleich fuhr er kraftvoll
zurück zur Höhe.

Glühkäfer, Sterne.
Schwirren im Dunkeln –
irrst du dich Fledermaus nie?

Nur wie ein Tropfen
scheint mir der Teich vor dem Haus
seit ich das Meer sah.

Verhängte Fenster –
ins Dunkel leuchtet
ein Kerzlein vom Armenhaus.

Bloßfüßig als Kind
ging ich auf Kreuzotternjagd
fing ihrer manche.

Auf dem glatten Teich
weiten sich Ringe – dunkel
inmitten ein Natternhaupt.

Mittagstiller Teich.
Ein Kreis – darin hebt lautlos
die Natter ihr Haupt.

Im Haus alles fremd
doch Schwalben kreisen darum
rufend wie einstmals.

Mond überm reifen Kornfeld
Kommt der Ruf von ihm?
Ach – nur ein Käuzchen!

HERBST

Später Bienen Flug
Voll blüht der Efeu –
reift seine Frucht im Winter.

Keiner erklettert
den Wipfel, er streut
reife Früchte den Kindern.

Sind schon beim Keltern
ihrer vollreifen Trauben
die andern – und ich?

Wenn der Schwan auffliegt
stößt er sich von dem Wasser –
ich sah es genau.

Fernher weht Wind um das Haus
Sag mir spürst auch du
Salz auf den Lippen?

Ein Greis starrt in das Dunkel
die Lampe flackert
er beachtet's nicht.

Im Mondlicht fallen
rote Blätter doch den Ton
hört keiner der schläft.

Des Himmels Kirschengärten
blühen jede Nacht –
mein Zelt ist dunkel.

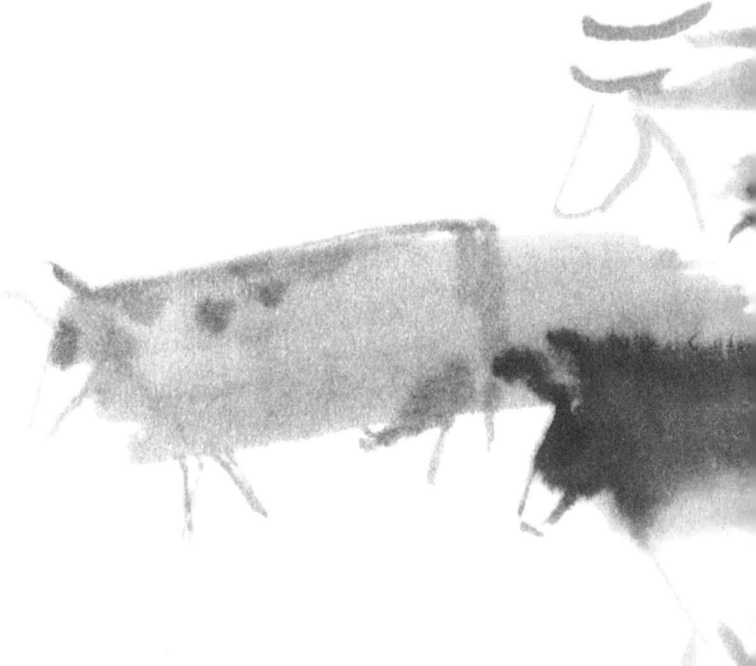

Septemberstille –
einer Hummel Gebrumm wächst
dröhnt – füllt jetzt die Welt.

Bohnen, bunt gefleckt
jede anders. Die Schoten
die schienen mir gleich.

Das Huhn pickt im Mist
den ganzen Tag. Vergessen
läuft sein Schatten mit.

Nachtfahrt im Nebel.
Grell stürzt der Weg auf uns zu
rechts und links Dunkel.

Kann nicht nach dem Feuer seh’n
muß rühren – rühren Feuer seh’n
sonst verdirbt der Brei.

Der Wind schlägt das Tor
auf und zu – ist denn kein Herr
im Haus der es hört?

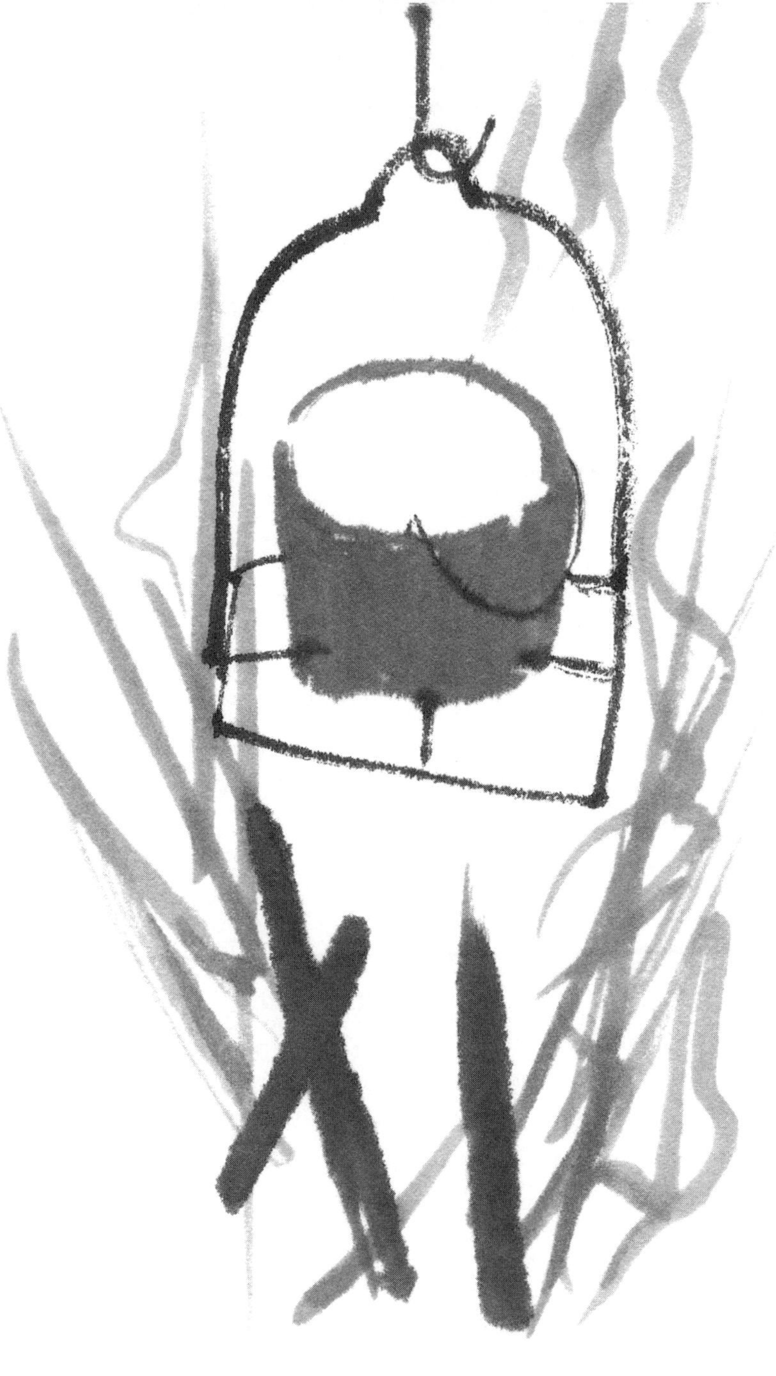

Über den Strom her
hörte ich heute Stimmen –
bald wird es regnen.

Kleiner Wellen Schlag
leck und voll von grauem Schlamm
der Kahn am Ufer.

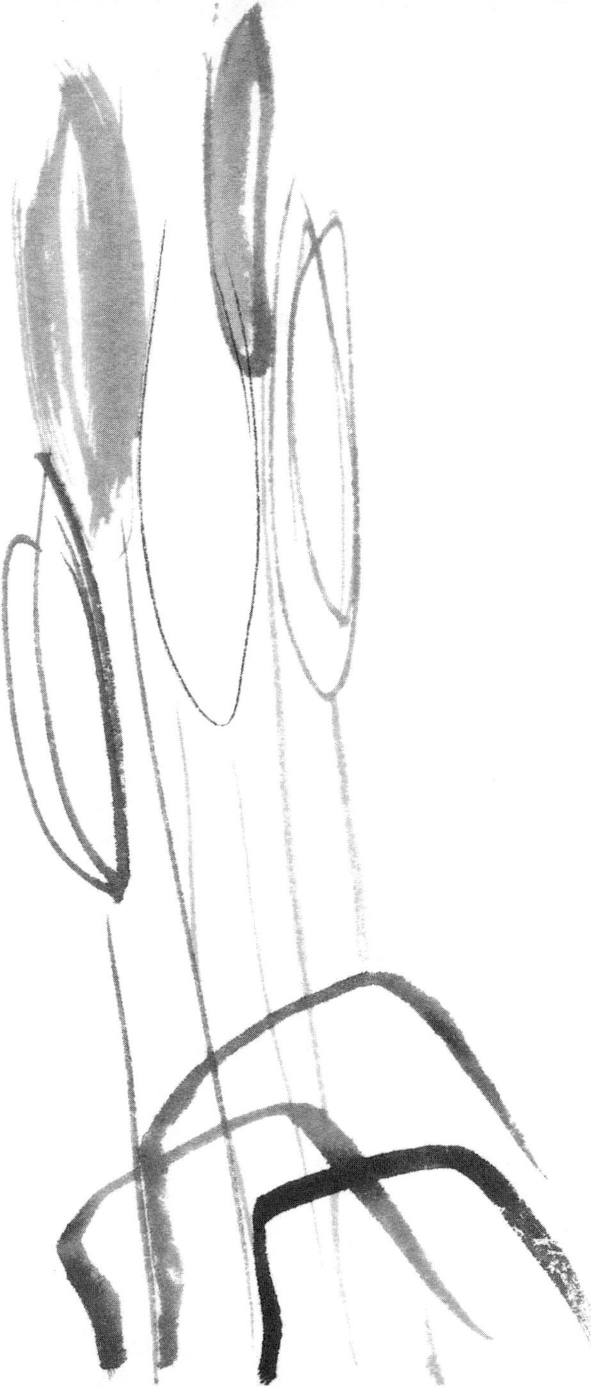

Den Hügel hinauf
führt gewunden die Straße –
mehr sehe ich nicht.

Kein Röslein war schön
wie dieses dunkle silbern
vom Reif überhaucht.

Süßer Vogelsang
verklingt im Dämmern. Fernher
tönt des Käuzchens Ruf.

Ach Mond wüßt ich nicht
daß nur Schatten dich decken
müßt ich verzweifeln.

Zwischen den Scherben
der braunen irdnen Schale –
wie hell glänzt der Reis.

Gräber im Nebel
leere Nester – die Schwalben
kreisen im Süden.

Ein Baum voll dunkler Früchte?
Krähen schwirrten auf
als ich herankam.

Ein Hahnenschrei weckte mich
lang lange vor Tag.
Was war nur mein Traum?

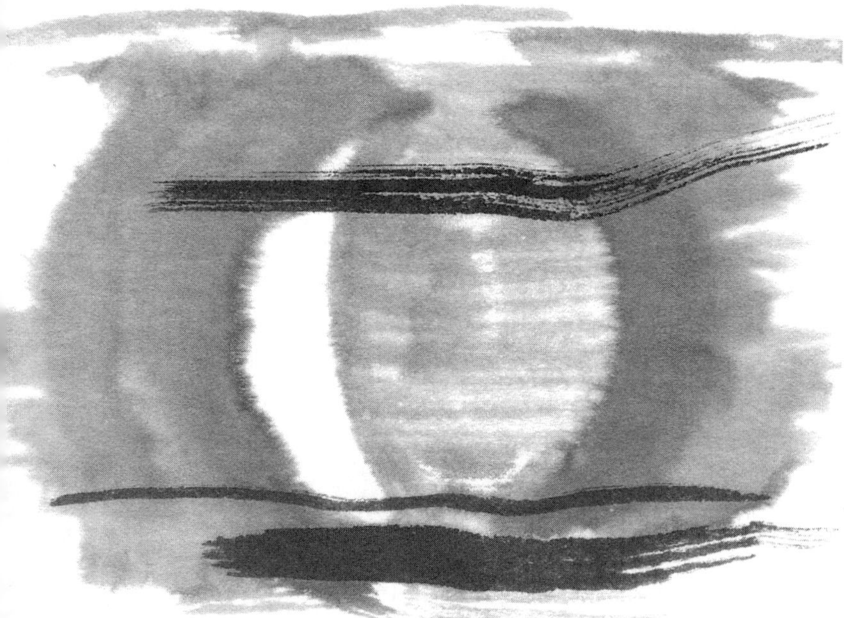

Es traf den Reiher.
Die Augen brechen –
er hebt die Schwingen zum Flug.

Schön war der Sommer –
doch schien der Mond je so hell
ehe der Reif fiel?

WINTER

Harter Frost. Bebend
gefangen im Eiskristall
ein Funke Mondlicht.

Wildgänse ziehn
durch vergittertes Fenster
blickt ein alter Mönch.

Im grauen Nebel
die roten Gimpel – ihr Ruf
tönt leise ums Haus.
Sag mir mein Lieb noch ein Wort
denn über Nacht kommt der Schnee.

Ein Schwarm von Krähen –
was schreibt ihr Flug schwarz und wirr
auf den fahlen Grund?

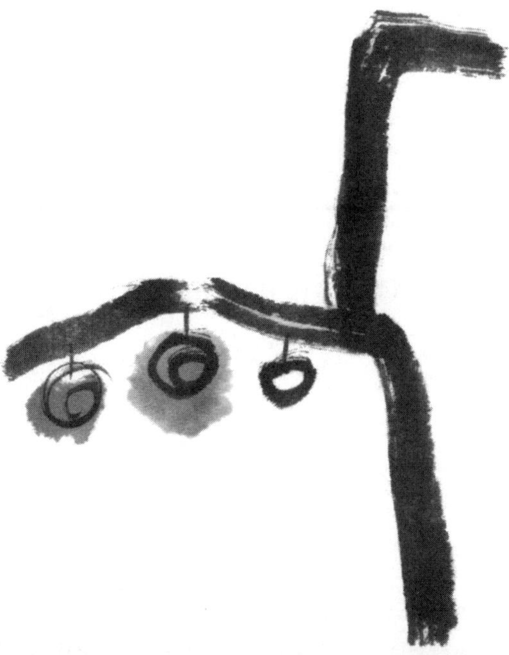

Dicht dicht fällt der Schnee
nichts bleibt als Weiß – schon rutschen
die Kinder darauf.

Vereiste Scheiben
Farne Moose und Palmen
aus Frost geboren.

Zum Wasserholen
aus dem Regenfaß braucht ich
heute den Hammer.

Ich schloß alles zu
wollte schlafen. Doch der Traum
rief mich beim Namen.

Der See friert nicht zu
unter den Flügelschlägen
der Wildentenschar.

Langsam dämmert der Morgen
braucht seine Zeit – die
kann keiner kürzen.

Ist nichts in der Luft?
Nichts. Ein Sonnenstrahl
und tausend Stäubchen tanzen.

Eisenfeilspäne –
wie sie zusammenschießen
Stern um den Magnet.

Der See gefroren
jetzt erst suchen die Fische
die tiefste Tiefe.

Sturm verweht der Glocke Klang
oder kann vom Berg
einer ihn hören?

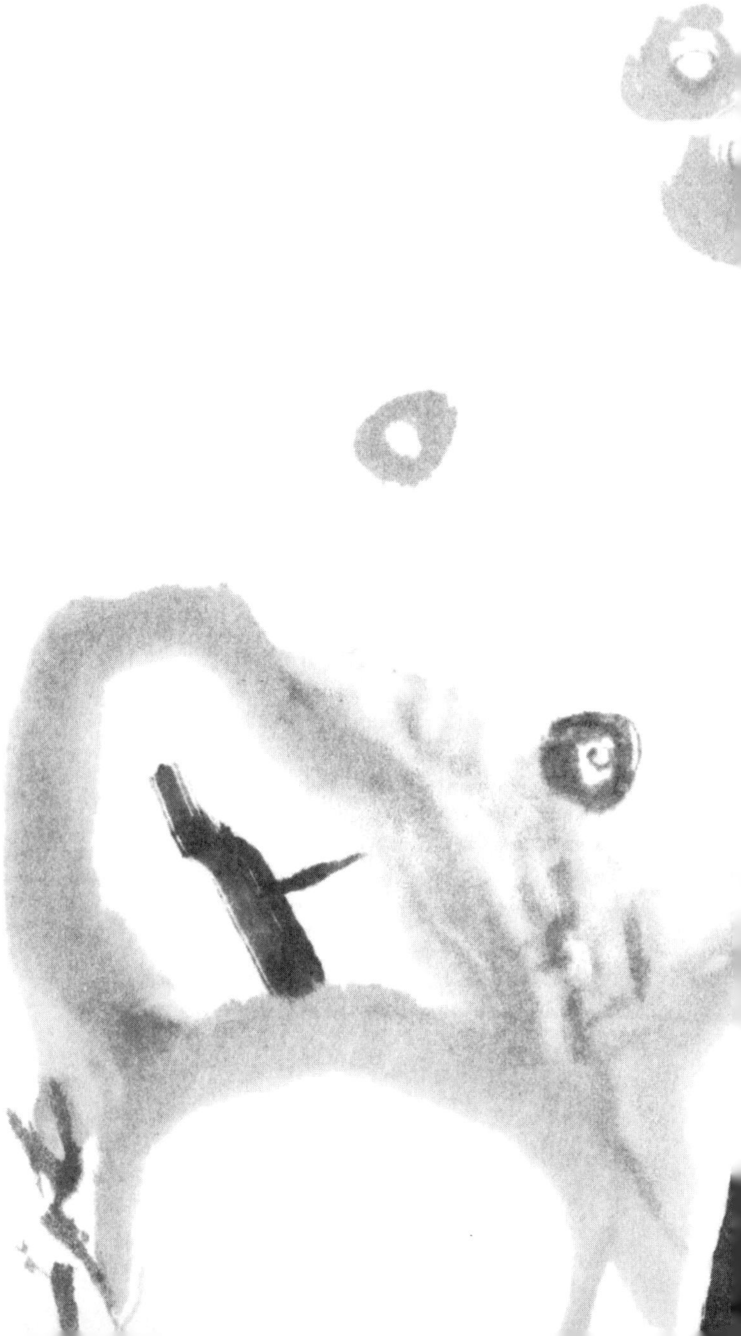

Verschneiter Waldteich
Wildspuren laufen sorglos
über die Tiefe.

Nächtlicher Schneesturm
unsre Laterne flackert –
– schwankt nicht auch der Mond?

Die Flammen steigen
vom Herd in die dunkle Nacht.
Hellrote Falken
blaugefiederte Tauben
wüßt ich nur wo sie horsten.

Morgenweg im Schnee
groß lag da die Spur –
heimzu fand ich sie nicht mehr.

Ehe die Nacht kommt
steigt der Falke zur Höhe.
Die Spatzen lärmen.

Schlagt Löcher ins Eis:
Luft für die Fische
die tief am Seegrund schlafen.

Nach diesen Regentagen
ist das Salz nun schwer
kann's nicht mehr streuen.

Kleine Sonne blitzt
springt aus dem Zündholz
holt die Welt aus dem Dunkel.

Samen auf dem Schnee?
Dicht säen ihn die Birken
mitten im Winter.

Nachts über dem Eis
Funken dem Mond entlaufen –
suchen sie Obdach?

Helle Kristalle schimmern
ein Straßenkehrer
fegt sie als Schlamm fort.

Rückkehr aus Sonne und Schnee –
ich tappe zum Herd
ist hier mein Zuhause?

Das Nachtigall Nest
sucht ich im Frühling –
fand's heut im kahlen Gezweig.

Der große Fluß schweigt
manchmal nur tönt es leise
tief unter dem Eis.

Wilhelm Bodmershof

Studie über das Haiku

So leicht und flüchtig Haiku und Tanka, die japanischen Kurzgedichte, hingesetzt erscheinen – so streng sind sie durch ihr eigenes Gesetz bestimmt. Auch ohne Wissen von der japanischen Tradition wird das jedem deutlich, der sich in diese Gedichte einhört, in besonderer Weise aber dem, der es versucht, in seiner eigenen Sprache ähnliche Gebilde hervorzubringen.

Um diese Gesetze zu entdecken, soll hier eine Anzahl solcher japanischen Kurzgedichte vergleichend untersucht werden. Die Beispiele können um so mehr Aufschluß geben, als sie aus einem großen Zeitraum stammen, der mit dem Jahr 702 beginnt und mit dem Jahr 1912 endet.

1 Mein Auge schweift über den fremden Himmel.
Da schwebt der Mond herauf.
O seht, es ist der gleiche,
der in der Heimat, in Kasuga,
die Berge beglänzt.

Abe Nakamaro[1]
702–770

2 Warum stürmen die Wildgänse
so sausend dahin auf ihrem Rückflug?
Ach, wissen sie denn nicht,
daß die Berge der Heimat
sie längst vergessen haben?

Munenaga[1]
1312–1385

3 Wer einen Stiel
an den Mond fügt,
hat einen schimmernden Fächer.

Yamasaki Sokan[1]
1465–1533

4 Flog da ein welkes Blatt
zurück zu seinem Zweige?
Ach nein! Es war ein Schmetterling!

Arakida Moritake[2]
1473–1549

5 Seht nur den Sturm!
Die Wildschweine sogar
fegt er dahin wie Laub.

Matsuo Bashô[2]
1644–1694

6 Mein Gartenhäuschen verbrannte!
Nun steht nichts mehr
zwischen mir und dem Mond.

Masahide[2]
1656–1723

7 Blitz aus dem Dunkel.
Sieh! Der Fischer dort
wirft eben sein Netz.

Buson[2]
1716–1783

8 Der Abendwind weht.
Ganz leise erzittern
die weißen Rosen ...

Shiki[2]
1866–1902

9 Mondnacht. Jedesmal,
wenn die Brandungswogen zurückweichen,
erglänzt der feuchte Sand wie Silber.

Mutsuhito[1]
1852–1912

Was an diesen Gedichten wohl vor allem auffällt, ist die Einheit und Geschlossenheit der Sprechweise. Zwischen dem ersten und dem letzten liegen rund 1200 Jahre, dennoch klingen alle Haiku so frisch, als wären sie heute gesprochen, und zugleich so durchtränkt von Sinn, wie nur frühe Zeit ihn lebendig gefühlt hat.

Die Sprache der Seele ist die gleiche zu allen Zeiten und an allen Orten, ihr Rhythmus ist durch sich selbst bestimmt, durch ein Dauerndes, das kaum dem Wechsel in der Zeit unterworfen ist. Dieser seelische Grundton formt auch durch das Jahrtausend hindurch ihre *Baugesetze*.

Alle diese Gedichte gehen vom *Bild* aus. Mit wenigen Worten wird eine Impression gezeichnet. Dabei zeigt sich deutlich die innerste Verwandtschaft zur japanischen Kunst, ein Bild mit ganz wenigen, aber meisterhaft gekonnten Pinselstrichen zu malen.

Gedicht und Bild entstehen wie in flüchtigem Spiel. Keine Mühe, keine Anstrengung ist dem fertigen Gebilde anzusehen. Mit den einfachsten Mitteln wird der stärkste Eindruck in uns geprägt.

Das zweite wesentliche Bauelement des japanischen Haiku ist die *Bewegung*. Das Bild allein, als Darstellung eines Zustandes, würde bald ermüden.

Diese Bewegung empfängt ihren Anstoß aus dem dritten Bauelement, nämlich der Spannung zwischen zwei in das Gedicht eingebauten *Polen*. Dies wird besonders spürbar, wo die zwischen den Polen verlaufende Bewegung nicht geradlinig von Pol zu Gegenpol geht, sondern sich innerhalb des Gedichtes wendet.

Diese fast handwerklichen Mittel allein genügen jedoch nicht. Entscheidend ist der im Haiku *verborgene Sinn*. Er wirkt kaum faßbar zwischen den Zeilen, und doch bestimmt er eigentlich diese ganze Dichtungsart. Der ästhetische Reiz einer Impression, der nicht geringere einer polar bestimmten Bewegung auf kleinstem Raum, dies alles soll dem verborgenen Sinn nur dienen. So wie der japanische Dichter schon bei der Darstellung der äußeren Bildimpression sich der Andeutung bedient, so benützt er das ganze Gedicht wieder als Andeutung für etwas, das sich der direkten Aussage entzieht.

Was der Haijin hier wagt, ist der Griff nach dem Ungreifbaren, nach dem hinter der Erscheinung Verborgenen. Ja, der Vergleich mit der japanischen Malerei und dem Geist des Zen-Buddhismus läßt vermuten: hier hat die japanische Kunst der Andeutung ihren eigentlichen Ursprung. Die religiöse Erkenntnis, daß letzte Dinge der direkten und vollständigen Bezeichnung durch Worte und Begriffe entzogen sind – diese Erkenntnis wurde in die Sphäre der Kunst herabprojiziert. Daher ist die Wahl der wesentlichen Bauelemente ebenfalls von dieser Bemühung um den verborgenen Sinn bestimmt. Das Geheimnis des Lebens selbst soll in diesen kleinsten Gebilden eingefangen werden. Darum brauchen sie Bild und Bewegung zwischen zwei Polen. Diese polare Bewegungsspannung selbst ist nur Abbild für die eigentliche, die große Spannung zwischen Diesseits und Jenseits.

Die Wendung aus der Immanenz in die Transzendenz ist in den Haiku wiederum nur angedeutet. Diese Andeutung ist bisweilen so zart, daß sie leicht übersehen wird, dennoch läßt sie sich im guten Gedicht immer entdecken. Der Dichter deutet die von ihm gemeinte Sinnwendung so weit an, daß der geschulte Leser danach die Wendung in sich selbst vollziehen kann. Von daher darf man vielleicht diese Gedichte mit Anlaufbrettern zum Sprung ins Wasser vergleichen: den Salto muß der Leser selbst vollziehen.

An dieser entscheidenden Stelle ergibt sich für den Europäer ein Problem: dem Intellekt ist die Geheimsprache von Haiku und Tanka nicht direkt zugänglich, sie erschließt sich nur einem empfindsamen Gehör. So mag manchem die im folgenden versuchte Sinndeutung der Beispielgedichte hineingelegt erscheinen. Der Einwand liegt nahe, daß die Frage nach dem verborgenen Sinn bloße Einbildungen fördert und zu einem leeren Deutelspiel führt. Demgegenüber ist aber zu bedenken, daß in Japan die Kunst der Kurzgedichte mehr als priesterliche denn als künstlerische Leistung gewertet wurde. Die meisten Könner dieser Kunst waren selbst Priester und Mönche oder lebten zumindest im Verzicht auf die Güter der Außenwelt und in der vollen Hinwendung zu den Gütern der Innenwelt. Haijin wurden diese Dichter genannt, das sind die, die sich mit der ewigen Leere vereinen. (Tao: Von außen gesehen die ewige Leere, von innen gesehen die ewige Fülle.) Darum dürfte die intensive Bemühung um den geheimen Sinn den japanischen Kurzgedichten weit eher gerecht werden als eine flügellahme Sachlichkeit.

Eine gründliche Interpretation der Haiku verlangt schließlich noch die Kenntnis der tragenden Symbole. Ebenso wie die genannten Kunstregeln wird das *Symbol* häufig benützt. Viele Haiku könnten ohne seine Hilfe kaum auskommen – besonders die Andeutung der Wendung ins Transzendente bedarf seiner immer wieder.

Die in Japan zur Geltung gelangten Symbole sind nicht einer Willkür entsprungen, sondern einer Bildgerechtigkeit, die der Europäer unschwer nachempfinden kann – auch wenn der Gebrauch von Symbolen ihm in seiner

Sprache nicht mehr vertraut ist. Einige Beispiele mögen dies verdeutlichen.

Der Mond: Im nachtdunklen Himmel vereinzeltes, beherrschendes Licht, dessen Quelle die unsichtbare Sonne ist. Symbol für das geistige Prinzip im einzelnen Menschen, gleichbedeutend etwa dem indischen »Jivatmă« oder dem »Fünklein« der mittelalterlichen christlichen Mystiker.

Die Kirschblüte: Das Licht empfangende Organ des Baumes, männlich-weiblich polarisiert, der Ort der Fruchtbildung. Symbol für das seelische, geistiges Licht empfangende Zentrum im Menschen, gleichbedeutend der »Lotos-Blüte« im ganzen asiatischen Kulturkreis.

Der Regen: Das Wasser als das dem Licht entgegengesetzte Prinzip, von oben nach unten stürzend. Symbol für den Tod.

Der Garten: Das Innere des Menschen.

Das Haus: Der irdische Leib.

Die Wildgans: Der Zugvogel, der über das große Gebirge in die Ferne zieht. Symbol für den Priester-Pilger, der das ferne jenseitige Land erreicht.

Der Schmetterling: Die sich in Herrlichkeit verwandelnde Raupe. Symbol für den geistigen, ewigen Menschen.

Der Kuckuck: Der aus dem Verborgenen dumpf rufende Vogel, Todesmahnung.

Die Amsel: Der zugleich mit dem Frühling die Auferstehung kündende Vogel.

Der Fuji: Der heilige Berg, Wohnstatt der Götter.

Außer den Symbolen, in denen Transzendentes sich deutlich spiegelt, kennt die japanische Konvention auch Jahreszeitenworte, welche das Gedicht in eine der vier Jahreszeiten verweisen, auch wenn diese nicht ausdrücklich genannt ist. So stehen z. B. oft Blüten, Lerche, Schmetterling und Frosch für Frühling, dagegen Milchstraße, Chrysanthemen, welkes Laub für Herbst, etc.

Untersuchen wir nun die angeführten Haiku.

1. Gedicht

Bild: Dichter unter fremdem Himmel. Mondaufgang.

Pol-Paar: Fremde – Heimat.

Bewegung: der Dichter ist aus der Heimat in die Fremde gegangen. Da bringt der Mond die Wendung, zurück in die Heimat.

Symbol: der Mond.

Verborgener Sinn: der Mensch ist auf dieser Erde in der Fremde. Erlebt er aber das Aufgehen seines inneren geistigen Lichtes, dann hat er damit die Verbindung mit seiner geistigen Heimat im Innern wiedergefunden, und die Fremde ist ihm nicht mehr Exil.

2. Gedicht

Bild: Wildgänse auf dem Rückflug.

Pol-Paar: Erinnerung – Vergessen.

Bewegung: die Wildgänse haben ihre Heimat vergessen. Erinnerung überkommt sie, treibt sie zum Rückflug. – Wendung: inzwischen hat die Heimat sie vergessen.

Symbol: Wildgans.

Verborgener Sinn: den, der Tao erlangt hat, ruft die Erinnerung an seinen Erdenort zurück. Er verläßt Tao, um an seinem Erdenort zu wirken. Der aber weiß seit langem nichts mehr von denen, die Tao aufgesucht haben.

3. Gedicht

Bild: Mond als Fächer

Pol-Paar: Ferne – Nähe

Bewegung: von Ferne zu Nähe, ohne Wendung
Symbol: Mond
Verborgener Sinn: das geistige Prinzip erscheint uns unerreichbar fern. Und doch läßt es sich ergreifen wie ein Fächer.

4. Gedicht
Bild: ein Schmetterling fliegt aus welkem Herbstlaub auf.
Pol-Paar: Fallen – Steigen
Bewegung: das welke Blatt ist gefallen. Es scheint zu steigen. Wendung: es bleibt gefallen.
Symbole: Schmetterling und welkes Blatt
Verborgener Sinn: Auferstehung? Ja, doch nur im Leib der Seele. Was vermodert, bleibt unten.

5. Gedicht
Bild: Wildschweine im Herbststurm
Pol-Paar: Luft – Materie
Bewegung: die Luft bewegt die Materie
Symbol: Herbststurm für Todesgewalt
Verborgener Sinn: auch das Mächtige und Große ist vor dem Tod nicht mehr als Laub vor dem Sturm

6. Gedicht
Bild: Verbranntes Gartenhaus
Pol-Paar: Vergängliches – Unvergängliches
Bewegung: das Vergängliche vergeht – Wendung zum Unvergänglichen
Symbol: Gartenhaus für irdischen Leib
Verborgener Sinn: der Tod befreit uns von allem, was uns im irdischen Leben die Sicht auf das Licht des Himmels nimmt.

7. Gedicht

Bild: vom Blitz erhellt: ein Fischer, der sein Netz wirft.

Pol-Paar: dunkel – hell

Bewegung: geradlinig vom Dunkel ins Helle

Symbol: Blitz für geistige Erhellung

Verborgener Sinn: wer geistig sieht, sieht auch dort Leben und Geschehen, wo für ihn jetzt nur Dunkel ist. Dort ist auch der verborgene Fischer immer am Werk.

8. Gedicht

Bild: weiße Rosen im Abendwind

Pol-Paar: Tod – Leben

Bewegung: geradlinig vom Leben zum Tod

Symbole: Abendwind für Tod, weiße Rosen für jenes Leben, das den Tod überdauert.

Verborgener Sinn: nicht mehr bewirkt der Tod in dem, der sein ewiges Leben hier schon gefunden hat, als ein leises Erzittern.

9. Gedicht

Bild: Meeresbrandung am Sandufer in einer Mondnacht

Pol-Paar: Trübes – Klares

Bewegung: trübe – klar – trübe

Symbol: Brandung für Leidenschaft

Verborgener Sinn: immer, wenn die Wogen der Leidenschaft sich zurückziehen, wird unser geistiger Seinsgrund sichtbar, helleuchtend wie Silber, bis ihn wieder die Wogen der Brandung verdecken.

Freilich gibt es viele Haiku, die das eine oder andere der genannten Bauelemente fortlassen. Viele auch, deren verborgener Sinn nicht ins Transzendente zielt, sondern bloß nichtausgesprochenes Irdisches meint. Es wären keine Gedichte, sprängen sie nicht auch manchmal übermütig von der Regel weg. Im ganzen aber folgt der Strom der Haiku und Tanka diesen Baugesetzen viel strenger, als der Europäer meint, der sie nur flüchtig betrachtet, und selten sind auch jene japanischen Gedichte, die im Ästhetischen, in einem Naturgefühl oder in einem Spiel steckenbleiben.

Ein Haiku etwa wie dieses:

Die Nachtigall singt.
Mit meiner Familie
sitze ich beim Abendessen.
Buson[2]

klingt dem noch nicht eingehörten europäischen Ohr zunächst wie die bloße Schilderung einer prosaischen Situation. In Wahrheit ist es die ergreifende Aussage des Dichters über den von fern gehörten Anruf seines innersten Seins während einer alltäglichen Handlung.

Auch hinter einer so köstlichen Tierimpression wie dieser:

Von seiner Gattin gebissen,
starrt ein Kater
bekümmert in den Himmel.
Mukai Kyorei[2]
1643 – 1704

klingt das große Leid des in seiner Tierheit gefesselten Menschen an.

Manchmal scheint nichts vorzuliegen als die telegrammartig verkürzte Formulierung irgendeiner beliebigen Situation, wie etwa in diesem Haiku:

Durch den nächtlichen Schnee
stapft ein Soldat
in eine Weinschenke hinein.
Haijin[2]

Die aufmerksame Einfühlung aber entdeckt bald: der einsame, durch die Kälte und Öde irdischen Daseins stapfende, kämpfende und leidende Mensch, der seine Zuflucht nicht im Tempel, sondern nur in der Weinschenke findet.

Ein anderes Beispiel:

Regenschauer.
Was stülpen die Leute nicht alles
rasch über ihre Köpfe.

Onitsura[2]
1661 – 1738

Hinter der komischen Impression klingt ein sehr ernstes Motiv an: wie unvorbereitet sind doch die Menschen, wenn der Tod sie überrascht.

Noch zwei Beispiele dieser Art von zunächst unverständlichen Kurzgedichten:

Huschende Fledermäuse.
Zum Trocknen aufgehängte Kleider
Schatten dunkler Wolken.

Enomoto Kikaku[2]
1661 – 1707

In Wahrheit ein nach allen Regeln dieser Kunst gebautes Gedicht. Der Mensch hängt die nasse Wäsche zum Trocknen auf. Schon aber künden Fledermäuse und Schatten dunkler Wolken den Abend an und Regen. Das kleine Werk des Menschen ist immer vom großen Tode bedroht.

Mein kleines Boot
treibt durch die Wogen.
Auf seinem Grunde kriecht eine Krabbe.

Enomoto Kikaku[2]

Das Boot ist hier Bild für den Leib des Menschen. Auf seiner gefährlichen Fahrt durch das Leben begleitet ihn – das Tier. Etwas dunkel, etwas gefährlich, etwas komisch zugleich; Krabbe hier etwa für Schlange gesetzt.

Mit diesen Ausführungen über das japanische Kurzgedicht ist zugleich auch die Abgrenzung zu alledem gegeben, was die Haiku und Tanka *nicht* sind.

Sie sind keine *Epigramme*. Wohl ist auch im guten Epigramm eine Spannung eingebaut. Erwartung wird durch einen scheinbaren Widerspruch gespannt und durch eine überraschende Deutung gelöst. Das Epigramm zielt aber seit seiner Entstehung in Griechenland vor allem auf einen dem Intellekt klar faßbaren Sinn. Es braucht darum auch nicht Bildimpression, nicht Symbol und nicht Andeutung, auch nicht den verborgenen Sinn.

Die Haiku dürfen aber auch nicht mit *Allegorien* verwechselt werden. Diese versuchen wohl, einem Abstrakten durch sinnliche Bildgebung zu einer Art von Leben zu verhelfen. Aber das Abstrakte, das hier anthropomorph beseelt vorgeführt wird, ist wiederum ein Irdisches und nicht ein Transzendentes. Darum führt ja eigentlich die Allegorie von der Kunst weg (Lessing im ›Laokoon‹), gewiß aber nicht zur japanischen Dichtkunst hin.

Haiku und Tanka sind auch keine *Gleichnisse*. Denn für das Gleichnis ist charakteristisch, daß die eigentliche und die uneigentliche Vorstellung mit gleicher Deutlichkeit zu Bewußtsein gebracht werden. Etwa Matthäus 7, 15:

> Sehet euch vor vor den falschen Propheten,
> die in Schafskleidern zu euch kommen;
> inwendig aber sind sie reißende Wölfe.

Prophet und reißenderWolf werden in gleicher Schärfe gezeichnet. Nur selten und in sehr früher Zeit wird in den japanischen Tanka der verborgene Sinn in einem Gleichnis sichtbar gemacht. Der Hauptstrom fließt in der entgegengesetzten Richtung, in der Richtung des Verschweigens des im Grunde gemeinten Gleichnisses. Dagegen darf nicht eingewendet werden, daß in den Gedichten sehr oft Vergleiche erscheinen, wie etwa die Wildschweine im Herbststurm mit welkem Laub verglichen werden. Hier handelt es sich bloß um eine Verstärkung der Bildimpression, die als Ganzes genommen zur Andeutung des verborgenen Sinnes dient.

Von den europäischen ästhetischen Apperzeptionsformen steht wohl die *Metapher* dem japanischen Kurzgedicht am nächsten. Metapher nicht im Sinne des äußeren Redeschmuckes, sondern im Sinn eines versteckten, nicht zur vollen Aussage gelangenden Gleichnisses. Metapher also im Sinn eines Übergreifens aus dem irdischen in einen übergeordneten Vorstellungsbereich. Doch hat die europäische Dichtung die Metapher meist nur zur Erweiterung irdischer Vorstellungen verwendet; auch ist in Europa keine selbständige, allgemeingültige Gedichtform auf der Grundlage der Metapher ausgebildet worden.

Die *äußere* Form der japanischen Kurzgedichte ist durch noch strengere Regeln bestimmt als ihr innerer Bau.

Die frühen Gedichte aus der Zeit zwischen dem siebten und dem sechzehnten Jahrhundert setzen sich aus fünf Zeilen zusammen. Die Zeilen werden nicht durch Hebungen und Senkungen oder Längen und Kürzen gegliedert, nur ihre Länge wird durch Silbenzahlen festgelegt, und zwar:

erste Zeile:	5 Silben
zweite Zeile:	7 Silben
dritte Zeile:	5 Silben
vierte Zeile:	7 Silben
fünfte Zeile:	7 Silben
Zusammen also	31 Silben

Diese Gedichtform heißt auf japanisch Mijika-uta, also »Kurzgedicht«, oder abgekürzt: *Uta.* Der sino-japanische Ausdruck nennt es *Tanka.*

Selbst dieser knappe, zu großer Präzision im Ausdruck zwingende Rahmen schien aber den Künstlern der Andeutung noch zu weit. Aus ihrer Übung meditierender Konzentration übertrugen sie zugleich mit dem Prinzip der Andeutung auch das Prinzip der strengsten Konzentration auf die Form dieser Dichtung. So wurde das Uta im sechzehnten Jahrhundert durch Fortlassung der vierten und fünften Zeile gekürzt. Es blieben die ersten drei mit den Silbenzahlen 5:7:5, zusammen also siebzehn Silben. Seither besteht diese Gedichtform unter dem Namen *Haiku,* auch *Haikai* oder *Hokku,* neben der Form des Tanka. (Erst später kam es fallweise zu einer Lockerung: außer der Silbensumme siebzehn wurden die Silbensummen neunzehn und einundzwanzig zugelassen, und zwar in den Variationen von fünf, sieben und neun Silben in je einer Zeile.)

Das Wagnis des Haiku hat das ganze japanische Volk bewegt. Schon um das Jahr 1600 setzte ein kaiserliches Dekret Matsunaga Teitoku zum Oberaufseher über alle Haiku-Schulen und Haiku-Angelegenheiten ein. Rasch vermehrten sich auch die formalen Regeln und bedrohten bald in ihrer Starrheit das eigentliche Leben im Haiku. Matsuo Bashô aber, der größte Haiku-Dichter Japans, durchbrach diese Einengung und verwirklichte die höchsten Möglichkeiten dieser Dichtungsform.

Ist nun das Haiku an die japanische Sprache gebunden, oder kann es auch in Europa geschaffen werden?

Fremde Formen sind so oft in den deutschen Sprachraum eingegangen, daß auch Haiku und Tanka darin Wurzel schlagen könnten.

Freilich sind große Schwierigkeiten dabei zu bewältigen. Vor allem fehlt bei uns die Tradition, wir sind nicht aufgewachsen in einer Haltung, die aus dem Zen herkommt. Diese und die ganze Struktur des japanischen Haiku sehr bewußt zu erfassen wird nötig sein, um nicht in flaches Kopieren abzugleiten.

Auch wird es nicht ohne weiteres gelingen, die knappen Silbenzahlen richtig zu handhaben und das Gedicht auf den engen Raum zu komprimieren, ohne Rhythmus und Klang zu verletzen. Die deutsche Sprache, die im Gegensatz zur japanischen Artikel und Verb fordert, wird oft wohl die Erweiterung des Haiku auf neunzehn und einundzwanzig Silben in Anspruch nehmen müssen, ebenso auch Freiheit in der Anordnung von fünf, sieben oder neun Silben in der Zeile.

Es kann aber sein, daß die aufgewandte Mühe lohnt: daß hier ein braches Feld der Bestellung wartet, ein Feld, auf dem dichterische Aussage in noch unverbrauchter Weise gedeihen kann.

1 Deutsche Übersetzung von Manfred Hausmann. Aus: Japanische Lyrik. Übertragen von Manfred Hausmann. Copyright d. dt. Übers. © 1974, 1980, 1990 by Verlags AG Die Arche, Zürich.

2 Deutsche Übertragung von Anna von Rottauscher. Aus: Ihr gelben Chrysanthemen. Japanische Haiku. Walter Scheuermann Verlag, Wien.

Veronika Pfolz

Zu den Haiku-Illustrationen von Ruth Stoffregen

»In einer amerikanischen Zeitung ... war ... davon die Rede, daß es jetzt in Amerika und Europa Mode geworden sei, Haiku-Spiele zu machen, das heißt Verse im Stil der japanischen Haikus zu erfinden. Aus solchen Spielen ist das Manuskript des Ehepaares Bodmershof geboren, und ich glaube, dieses Manuskript kann erst durch eine entsprechende Illustration richtig Leben gewinnen: entsprechend, das bedeutet also in diesem Fall, wo es sich um nachempfundene Haikus handelt, daß man keine japanische Illustration dazu verwenden darf.« Mit dieser Einleitung wandte sich die Verlagsleitung des Albert Langen – Georg Müller Verlages, München, im September 1960 an die Künstlerin Ruth Stoffregen, um sie für das Projekt zu gewinnen.[1] Es war der Künstlerin dabei völlig freigestellt, wie sie diese Aufgabe vollbringen sollte, einzig Format und Höchstanzahl der Bilder waren festgelegt.

Für Ruth Stoffregen war dies nicht der erste Auftrag des Langen-Müller-Verlages, vielmehr eine Fortführung der Zusammenarbeit, die im Jahre 1953 begonnen hatte.[2] Fast alle diese Bücher hat Ruth Stoffregen mit Federzeichnungen ausgestattet, leichten Skizzen, die der Entstehungszeit entsprechend entfernt an späte Arbeiten von Matisse erinnern, während die Figuren mit den oft übergroßen Augen denen einer Marie Laurencin verwandt zu sein scheinen.

Das Publikum scheint die Arbeiten geschätzt zu haben, was zu weiteren Auftragsangeboten des Verlages an die Künstlerin führte, die Ruth Stoffregen jedoch wegen Arbeitsüberlastung teilweise ablehnen mußte. Ruth Stoffregen fügt sich mit ihren Arbeiten für den Verlag in die lange Reihe von Künstlern, die auf dem Gebiet der Buchillustration tätig waren.

Dieser spezielle Auftrag des Langen – Müller – Verlages an Ruth Stoffregen unterschied sich von den vorhergehenden dadurch, daß es sich bei dem Bändchen von Imma von Bodmershof um einen Gedichtband handelte. Es war also keine durchgehende Geschichte, die ausgestattet werden sollte, sondern es handelte sich um einzelne, eigenständige Texte, die ihre Inhalte in extrem konzentrierter und strenger Form darstellen. Ruth Stoffregen mußte hier also nicht nur den Inhalt bzw. deren Aussage präzis zusammenfassen, sondern auch im Stilistischen eine formale Verknappung suchen.

Gerade diese schwierige Aufgabe scheint die Künstlerin gereizt zu haben: Bereits zwei Wochen nach dem ersten Kontakt bedankte sich der Verlagsleiter für Ruth Stoffregens Interesse am Haiku-Buch. Doch dann scheint es zu einer Pause gekommen zu sein. Im Februar 1962 fragte der Verlag vorsichtig bei der Künstlerin an, wie weit sie denn mit den Illustrationen sei. Am 7. Mai lagen aber bereits die Andrucke vor. »*...Soeben bekomme ich von der Offsetdruckerei einen Andruck, und ich beeile mich, Ihnen diesen zu übersenden, damit Sie sich von der Wiedergabe ein Bild machen können. Ich habe absichtlich zwei im Tonwert besonders konträre Vorlagen für den Andruck ausgewählt, damit wir feststellen können, wieweit der Druck dem Original gerecht wird. Sie sehen, daß der Druck in den Tiefen natürlich nicht die Intensität des Originals erreicht. Das liegt aber daran, daß Farbton und Farbgebung sich nach einem Durchschnittswert richten müssen, der zwischen den hellsten und dunkelsten Farbtönen der Zeichnungen liegt. Was die Wiedergabe der Zeichnungen noch erschwert, ist* *die Tatsache, daß im gleichen Druckgang ja auch der dazugehörige Text gedruckt werden muß. Ein Druck in zwei Farben würde aber die ohnehin knappe Kalkulation so belasten, daß das Buch überhaupt nicht erscheinen könnte.«*

Ruth Stoffregens Arbeiten für den Haiku-Band stehen schon rein äußerlich in Kontrast zu früheren Arbeiten für den Verlag. Statt der bisherigen Federzeichnungen legte sie nun Tuschpinselarbeiten vor, was den Druck des Buches allerdings wesentlich komplizierter machte. Doch die Tuschpinselzeichnung ist eine für die fernöstliche Kunst besonders typische Technik. Dies ist kulturhistorisch zu erklären: In Ostasien waren Schrift und Malerei nicht voneinander getrennt. Schreiber und Maler benutzten dieselben Werkzeuge, beginnend mit dem Pinsel über die Tusche bis zum Papier. Die Maler übten sich oft jahrelang in der Hervorbringung der Schriftzeichen, bevor sie sich an die Gestaltung eines Bildes wagten, und gelangten so zu einer Virtuosität in der Pinselführung.[3] Doch nicht nur die von Ruth Stoffregen verwendeten Malmittel verweisen auf fernöstliche Kunst, auch formale und stilistische Anklänge sind zu bemerken.

Um den Haikus bildnerisch gerecht werden zu können, setzte sich Ruth Stoffregen mit der dem europäischen Denken ungewohnten Form auseinander und beschäftigte sich intensiv mit Haiku-Dichtung und Zen-Buddhismus.

Was aber bedeutet Zen? Stark vereinfacht ist Zen die Schulung zur Erleuchtung, der plötzlichen Erkenntnis des Seins.[4] Daisetz T. Suzuki, mit dessen Werk ›Zen und die Kultur Japans‹ sich Ruth Stoffregen intensiv auseinandergesetzt hat, stellte Folgendes zum Verhältnis Kunst, Haiku und Zen fest: »*Wie dem Zen ist auch dem Haiku jede Egozentrik wesensfremd. Ein Kunstwerk muß völlig frei von Künstlichkeit, völlig ohne Hintergedanken sein. Zwischen der künstleri-*

schen Inspiration und dem Geist, dem sie zuteil wird, darf nichts Vermittelndes sein. Der Autor muß passives Ausdrucksinstrument dieser Inspiration bleiben ... Wen sie überkommt, der stelle sich ihr wie eine Art Automat zur Verfügung, ohne jede Einmischung. Man lasse dem Nicht-Bewußten seinen Lauf, denn hier sind die künstlerischen Impulse zu Hause, wohl verwahrt vor oberflächlichem Nützlichkeitsdenken. Auch das Zen ist hier zu Hause und deshalb kann es dem Künstler eine so große Hilfe sein.« [5]

Die Vorliebe für die scheinbar alltäglichen kleinen Dinge der Natur, die sich in der vom Zen beeinflußten Kunst erkennen läßt, ist damit zu erklären, daß sich hier Einblicke in die große Ordnung hinter den Dingen des Lebens gewinnen lassen.

Wilhelm von Bodmershof erläuterte bereits in der Erstausgabe 1962 in seiner ›Studie über das Haiku‹, woraus auch in diesem Band wieder abgedruckt wird, die komplexen Anforderungen, die ein Haiku an den Dichter stellt.

Ähnliches gilt für die fernöstliche Malkunst. Auch sie unterlag strengen Regeln, und die scheinbar so leicht hingeworfenen Zeichnungen folgten in Wirklichkeit einem strengen Schema.

Als ausschlaggebend für die Qualität eines Bildes gelten eine ausgewogene Harmonie der Komposition, zeichnerische Vitalität, spezifische Intensität des Pinselduktus sowie die Aussagekraft des einzelnen Striches.[6]

Dieses Wissen um die besonderen Merkmale der fernöstlichen Bildkunst und die Faszination, die von dieser ausging, läßt sich auch historisch erklären. Die europäischen Künstler hatten sich bereits seit der Weltausstellung in Wien 1873, bei der sich Japan das erste Mal seit seiner Öffnung 1868 präsentierte, von der japanischen Kultur beeindruckt gezeigt und es kam rasch zur Verbreitung des Japonismus, der Vermischung verschiedenster japanischer Stileinflüsse.[7] Bestimmte ästhetische Prinzipien hatten besonderen Anklang gefunden; so zum Beispiel der Verzicht auf Perspektive zugunsten dekorativer Flächigkeit. Zwei wichtige Eigenschaften der japanischen Kunst sind in Europa als »Erweiterung der Bildmöglichkeit« erkannt worden: die starke Überschneidung durch den Bildrand und das knappe Heranschieben eines Objektes an die Bildebenen bei gleichzeitigem abruptem Übergang zum Hintergrund.[8] Daneben ist als ein typisches Kriterium die Verwendung der Diagonale anzusehen, die nicht zur Konstruktion einer Tiefenräumlichkeit verwendet wird, sondern als optische Stütze für die Verteilung der Flächen im als begrenzte Fläche aufgefaßten Bild dient. Oft wird das Objekt, das mit wenigen Strichen in äußerster formaler Vereinfachung wiedergegeben wird, auf einen undefinierten Grund gesetzt und damit in Schwebe gehalten.[9] Auch die extremen Breit- oder Hochformate sind auf japanische Vorbilder zurückzuführen,[10] wobei es vor allem die Farbholzschnitte des Genres der Vogel-Blumen-Bilder waren, die sich in Europa großer Beliebtheit erfreuten.[11] Wenn sich nun in den Pinselzeichnungen der Ruth Stoffregen Anklänge an japanische Kunstwerke erkennen lassen, so ist dies nicht nur der intensiven Beschäftigung der Künstlerin mit dieser Kunst zu verdanken, sondern steht auch in der Tradition großer Künstler, die sich vor allem um 1900 von der japanischen Kunst haben beeinflussen lassen.

Vor diesem Hintergrund seien hier stellvertretend vier Bilder analysiert, um aufzuzeigen, inwieweit die Bilder von Ruth Stoffregen dem Regelwerk und den Ansprüchen der vom Zen beeinflußten japanischen Kunst folgen. Unschwer läßt sich dabei auch erkennen, daß viele der Regeln, die Wilhelm von Bodmershof für die Haikus aufgezeigt hat, auch für die Zeichnungen zutreffen.

Löwenzahn, Seite 27: Schon das vorgegebene Format ist ein typisch japanisches, nämlich ein schmales Hochrechteck. Ebenso die sparsame Gestaltung der Seite: Fast die Hälfte des Blattes bleibt leer, ohne daß deswegen das Bild unfertig wirken würde, im Gegenteil, die Leere trägt zu einer interessanten Spannung bei.

Zwei Blumensamen sind knapp unter die Mitte des hochrechteckigen Blattes gesetzt. Durch die leichte Schrägstellung und den Umstand, daß das linke Gestaltungselement etwas höher und schräger angesetzt ist als das rechte, scheint es, als ob sie von links oben nach rechts unten schwebten. Der zweite scheint schon etwas langsamer geworden zu sein und wird wohl im nächsten Moment senkrecht hinuntersinken. Dies wird durch das schwarze Samenkorn suggeriert, das als dunkler Fleck für Schwere steht. Der Weiße vom Linken hingegen wirkt leichter.

Wie es öfter bei den Haiku-Illustrationen von Ruth Stoffregen zu beobachten ist, arbeitet die Künstlerin auch hier mit einem gewissermaßen gekreuzten, gegenläufigen Kontrast: Sie stellt einander beinahe schon wieder aufhebende Gewichtung zusammen und relativiert zum Beispiel durch den Helligkeitswert eines Details dessen Größe, vor allem wenn sie diesem Detail ein Pendant gegenüberstellt, das umgekehrt aufgebaut ist, nämlich dunkel und klein. Der gekreuzte Kontrast verbindet die beiden Details miteinander und erzeugt eine subtile Spannung. Dieses Kompositionsprinzip ist gerade bei den beiden Löwenzahnsamen besonders gut zu sehen.

Links ist eine dunkle »Blütenmitte« mit heller Umgebung und dunklerem Rand und darunter hellem Samen zu sehen. Rechts ist die Mitte der »Blüte« hell mit dunklem Rahmen und etwas hellerem Rand, der Samen ist dunkel. Durch den Kontrast wird eine fragile Balance erzeugt, wie sie ja für schwebende Blütensamen angemessen ist.

Mohn, Seite 51:
Das Bild zeigt zwei Stiele, links eine schon vom Wind teilweise entblätterte Blüte. Allerdings werden nicht mehr die Staubgefäße, sondern es wird bereits die beginnende Frucht, das heißt die Samenkapsel, dargestellt. Der Verschluß dieser Kapsel ist perspektivisch verdreht, so daß er von oben zu sehen ist. Der zweite Stiel rechts ist kürzer und trägt bereits nur mehr eine Kapsel. Wahrscheinlich spielt hier die Verknüpfung der Zeile »*Nachts – Verlöschen im Wind*« als Symbol für Schlaf und Tod mit dem Mohn als Grundlage zur Opiumgewinnung eine Rolle. Wichtig für die Bildgestaltung ist hier auf jeden Fall ein zunächst unbedeutendes Detail, nämlich der kleine Punkt links vom Blütenboden der Blüte: Ohne diesen Punkt würde die Blume, deren Blütenblätter nach rechts ansteigen, nach links umkippen. Der Punkt aber fängt dieses Gewicht und somit den Drall auf und stabilisiert das Gleichgewicht. Ähnliches gilt für die Farbschattierung. Der rechte Stiel ist um eine Nuance dunkler als der linke, um dessen größere Länge zu kompensieren und das Bild nach rechts abzuschließen. Dies ist wohl eher eine europäische Abschlußtradition.

Vogelscheuche/Schriftzeichen, Seite 101: Auf den ersten Blick steht diese Zeichnung zunächst scheinbar ohne Bezug zu den daneben abgedruckten Haikus. Aber bei genauerer Betrachtung erschließt sich doch ein Zusammenhang zwischen dem Text »*Gräber im Nebel / leere Nester. Die Schwalben / kreisen schon lange im Süden*« und dem Bild, die beide den Herbst bzw. das Vergehen zum Thema haben. Nicht ohne Witz ist die Gestaltung bzw. der Inhalt des Bildes: Eine Vogelscheuche ist in den leeren Raum gestellt. Einzig eine Erbsenschote rechts unten zeigt die Aufgabe dieser Konstruktion über zwei kreuzförmig angeordneten Stäben an: Die Vogelscheuche hat ihnen Nutzen eingebüßt; da die Vögel schon längst ihr Winterquartier aufgesucht haben. Die Fetzen, die Arme und Beine darstellen, flattern herum, und erzeugen so eine Doppelbedeutung: Die gesamte Konstruktion erinnert an ein chinesisches Schriftzeichen.

Fische, Seite 127: Zwei Fischschwärme kreuzen einander: Von oben nach rechts unten schwimmen sieben große, hellere Körper. Sie werden von sechs kleinen, dunkleren Fischen gekreuzt, die von rechts in der Mitte nach links unten schwimmen. Während die großen in ihrer vertikalen Position fast statisch anmuten, sind die kleinen Fische in sichtbarer Bewegung, eine Richtung gezielt verfolgend, gezeigt. Man kann sich lebhaft vorstellen, wie sie schnell von rechts nach links vorbeiflitzen.Das Haiku lautet: »*Schlagt Löcher ins Eis: / Luft für die Fische / die tief am Seegrund schlafen.*« und ist sehr zweideutig. Üblicherweise werden dann Löcher ins Eis geschlagen, wenn man Fische fangen will. Es ist somit naheliegend, den vordergründigen Beweggrund, den Fischen Luft zuführen zu wollen, als Auftakt zum Fischfang zu verstehen. Ruth Stoffregen scheint auf diesen Widerspruch hinweisen zu wollen, indem sie selbst mit ihrer Darstellung einen deutlichen Kontrast zum Text setzt und die »schlafenden« Fische in starker Bewegung zeigt.

Zusammenfassend ist zu sagen, daß sich die Illustrationen der Künstlerin nicht auf eine einfache, inhaltliche Wiedergabe des in den Haikus beschriebenen Geschehens beschränken, sondern versuchen, den von der Dichterin Imma von Bodmershof angestrebten tieferen philosophischen Gehalt zu vermitteln. Ruth Stoffregen hat somit den Gedichten vom Wesen her adäquate Zeichnungen beigestellt, die keine einfachen Illustrationen, sondern durchaus eigenständige Schöpfungen sind und das Essentielle wiedergeben wollen.

1 Ich danke Herrn Dr. Carlgeorg Stoffregen für die Kopien der Briefe, welche die Verlagsleitung an die Künstlerin richtete, sowie für viele weitere hilfreiche Auskünfte und Hinweise zum Leben seiner Frau.

2 Victor Auburtin, Federleichtes, 1953; Max Mell, Mein Bruder und ich, 1953; Otto Julius Bierbaum, Eine empfindsame Reise mit dem Automobil, 1954; Stijn Streuvels, Letzte Nacht, 1954; Wilhlem von Scholz, Charlotte Donc, 1955; Alfred Kerr, Gruß an Tiere, 1955; Siegfried von Vegesack, Die gestohlene Seele, 1955.

3 Vgl. Walter Koschatzky, Die Kunst der Zeichnung. Technik, Geschichte, Meisterwerke, Residenz Verlag, Salzburg 1977, S. 183.

4 Vgl. dazu Daisetz T. Suzuki, Zen und die Kultur Japans. Der Geist des Zen in Dichtung und Malerei, Theater, Tee-Weg, Garten- und Baukunst, Philosophie und den Kampfkünsten Japans, Otto Wilhelm Barth Verlag, Bern 1994.

5 Vgl. Suzuki, S.52.

6 Koschatzky, S. 183.

7 Vgl. Peter Pantzer, Japonismus in Österreich oder: die Kunst kennt keine Grenzen, in: AusstKat. Verborgene Impressionen. Japonismus in Wien 1870-1930, Österreichisches Museum für angewandte Kunst (Hg.), Wien 1990, S. 9-22, hier S. 9f.

8 Markus Neuwirth, Die Ergreifung der Natur: Japonistische Tier- und Pflanzenstudien, in: AusstKat. Verborgene Impressionen, S. 65-70, hier S. 67.

9 Vgl. Neuwirth, S. 66.

10 Vgl. Pantzer, S. 10.

11 Vgl. Neuwirth, S. 69.